PAULO VENTURELLI

TRÊS CONTOS

1ª edição

EXEMPLAR Nº 117

CURITIBA
2020

Copyright © 2020, Paulo Venturelli

REVISÃO
Daniel José Gonçalves

FOTOGRAFIA
Guilherme Pupo

CAPA E PROJETO GRÁFICO
Thalita Machado

V 468 Venturelli, Paulo
Três contos / Paulo Venturelli. – Curitiba : Arte & Letra, 2020.
70 p.
ISBN 978-8571620131

1. Literatura brasileira 2. Contos brasileiros
I. Título

CDD 869.93

Índice para catálogo sistemático:
1. Contos : Literatura brasileira   860.93
Catalogação na Fonte
Bibliotecária responsável: Ana Lúcia Merege - CRB-7 4667

Curitiba - PR - Brasil
Fone: (41) 3223-5302
www.arteeletra.com.br - contato@arteeletra.com.br

SUMÁRIO

FAÇA-SE A LUZ. E A LUZ NEGOU-SE
09

A CASA, A MÃE (PUTA), O RAPAZ, O ESCRITOR E DEUS
23

O MUTILADO
45

UM MANTRA INÚTIL
57

Paulo Venturelli é um esteta que usa o estetoscópio como poucos.

Esse não é um jogo de palavras vazio: na relação entre uso da linguagem e a representação a que tal linguagem alude e tece, não há descuido, não há sobras nem mínguas. Venturelli erige com as tramas do discurso literário um edifício poderoso, lima as palavras, prima por uma escolha vocabular recriadora do mundo. Não falo, porém, de um edifício de desenho lógico, mas daqueles de Escher, cujos planos, espaços, tempos, acontecimentos, pontos de vista se fundem e fazem o leitor esfregar os olhos para, depois da neblina inicial, distinguir realidades abertas, outras.

A arquitetura da enunciação entrega-nos um insólito – porque paradoxal – barroquismo seco, de volutas que desvelam aos poucos a árida condição humana. Entranhado no primor da linguagem, o estetoscópio toca a pele do texto, calibrado para sopesar as arritmias do que corre pelas veias da palavra-carne, daquilo que elas a um só tempo escondem e mostram.

Se o discurso literário se serve de outros discursos, Venturelli sabe fazer de suas escolhas um banquete refinado. Prosa? Prosa poética? Poesia em prosa? Poética filosófica no seio da prosa? Sim e não, tudo e nada. Já vem de muito tempo a capacidade do autor de não se prender a estruturas rotuláveis demais. O que ele sabe é moldar as palavras com mãos habilidosas para que elas, as palavras, sejam devolvidas em uma mistura tensa e intensa de personagens "embrulhados por cobertor de espinho", encharcados do mal-estar civilizatório, e de um profundo sentido humano. Ainda que para subverter tal sentido, ainda que para não ver sentido algum.

Seus personagens ora zanzam e erram, peripatéticos, ora fixam-se no reflexo brilhante de uma xícara. Mas em nenhum caso param quietos, mesmo aquele capturado pelo brilho da porcelana acaba soltando farpas, fagulhas sinestésicas, camadas de sensação e pensamento difusos. Tudo fervilha, assim como os gêneros inapreensíveis com que o autor trabalha. E como trabalha.

Enfim, nestes Três contos (e um poema), você vai conhecer um escritor em chamas, fogo para todos os lados. Sonhos reais e realidades surreais. Peixe ensaboado e iridescente.

Cezar Tridapalli

Neste sábado luto eu para não sair – por que cometer os mesmos excessos, viver as mesmas coisas, dizer o que já foi dito? Devia criar minha força de vontade como se cria tudo o mais que não existe. Tenho uma tão urgente necessidade de converter-me em mim mesmo, que nada mais deve me distrair -- porque, se não for assim, conheço-me o suficiente, perco-me no vazio e no inútil.
Lúcio Cardoso
Diários

FAÇA-SE A LUZ.
E A LUZ NEGOU-SE.

> *"Os homens criaram o sono porque não suportavam o excesso de vigília. Mas ao lado do sono inventaram as casas, as pontes, os sinos que dobram ao longo dos vales, os instrumentos de tortura, os túneis e os abismos – todos os asseclas, enfim do pesadelo."*
> **Lúcio Cardoso**
> **Diários**

Havia nuvens no céu daquela manhã. Fazia semanas que o céu andava azul e isso me incomodava. Moro num porão entulhado de esculturas, e o tempo aberto é pura contradição, interfere em meus exercícios, impede que meus pensamentos se concentrem no ponto justo e produtivo. Pois naquela manhã, o céu coalhava-se de manchas pesadas, pachorrentas, verdadeiros dilúvios de sombras a anular excessos de claridade, essa coisa inútil para quem trabalha no subsolo e só ali, no túnel, na cova, no buraco encontra o nervo vibrante da forma que se vai moldando e se vai moldando e de repente é alguma coisa à espera do nome.

Então saí à rua. Não andei muito. Duas ou três quadras depois encontrei o menino morto na calçada. E ele era lindo. Tinha cabelos espessos, dourados, desses repartidos ao meio em duas cachopas rebeldes que se espalham com energia pelos lados da cabeça e cada fio parece tão grosso como corda e não precisa de nenhum tratamento além do toque de mãos que os erguem para que caiam com lentidão outra vez, até o peso ser beleza. Vestia bermudas folgadas, o cós bem abaixo do umbigo, mostrando a barra da cueca Calvin Klein. A cintura pélvica estava bem desenhada, aqueles dois músculos que vêm de algum lugar e se confinam lá no infinito onde o sexo é monte de vida que gosta de explosão e tato. Pela barra da cueca subia tufo de pelos de tom mais escuro que os cabelos. A camiseta fora erguida por acidente, de modo que mostrava o torso quase por inteiro. Ali, músculos e torneado de costelas eram a harmonia manca de adolescente tão bem-feito que deus se maldiz encruado. Antigamente, quando se meteu nessa insana tarefa, jamais supôs que logo a raça humana fosse evoluir de tal maneira que a perfeição se expandisse tanto a ponto de esses garotos suplantarem os anjos – sempre iguais, róseos, rechonchudos, com cara de idade média salmodiando cantochão salobre. Esses garotos, não. Exatos em suas linhas de sustentação sabem ainda ser impecáveis na movimência de gestos e falas salpicada com alguma coisa que pode ser onda ou gaivota. Esse aí já era. Estava morto. Não sei o que o atingira. Constatei o belo e morto e nenhuma das dimensões me atingiu. Continuei andando.

Logo depois, vi o carro esmagado contra o caminhão de lixo. Ferrugem com ferrugem, tudo era carne e sangue, maçaroca ruim de contemplar e compreender. Sei lá quantos morreram. Vi montanhas de sacos rasgados despejando restos de casas sobre a capota do carro. De uma das janelas, o braço parecia abanar. Não podia ser. Abanaria para mim? Por quê? A troco de que alguém indo para o buraco silencioso da morte vai perder rasgo da eternidade acenando para mim, que nem estava ali para testemunhar o que quer que fosse. De modo que, a melhor solução nesse caso seria continuar no caminho, ignorar aquela montanha de trastes e fazer de conta que nada era comigo. E esta é a verdade irrefutável: nada realmente me dizia respeito. O menino morto e a carne esfrangalhada comprovavam apenas que a guerra começara. Eu não sabia a razão.

Foi quando me lembrei de meu amigo. O único que cultivara enquanto os anos foram se acumulando em esculturas no porão. Pois em manhã como esta, prévia de chuva, ele foi esfaqueado na saída do shopping. Alguém encontrou meu cartão no bolso dele e ligou para mim. Corri ao local. Meu único amigo. E estava estirado, morto, com linhas de sangue corroendo a calçada. Eu não lamentei. Meus olhos se prenderam na sacola que ele ainda tinha presa entre os dedos. Nela, várias camisas esplêndidas, agora tingidas de sangue, logo pisadas, pouco depois embaladas naqueles saquinhos plásticos de filme americano. Foi o que mais senti. Se era para perdê-las no nada policial, por que meu amigo as comprara? Se fosse apenas para deixá-las sujas e inutilizadas, por que alguém o matara assim, sob nuvens de chá velho, nuvens enrugadas que não gostam das cores que as novas estações inventam para atiçar a gula dos que desfilam a vida diante de vitrines?

E tem minha mãe. Foi enterrada em tarde assim, de nuvens assim. E que importância pode ter isso. Nenhuma, com certeza. Por que então me refiro a tal fato? Não sei. Ele veio vindo, veio vindo, tomou o espaço e, de certa forma, sucumbi a ele. No enterro de minha mãe, enquanto o padre soltava os borborigmos de palavras sempre iguais que deus nenhum deve suportar – sim, pense bem, se deus há, a troco de que todos os rituais repetem fórmulas prontas? será a entidade absoluta tão bisonha que precisa de sacudidelas em sua inércia com a repetição ad nauseam do mesmo blá-blá-blá que não aguenta nenhuma sílaba além do previsto? – e o padre lá, a despejar aqueles cântaros vazios de equações já calculadas.

Eu não o ouvia mais fazia tempo. Minha atenção fora chamada para o séquito de cachorros que perambulavam entre as tumbas. Logo imaginei a cadela no cio e o exército de machos desvairados em busca do buraco penugento onde enterrar seu sentido de manter-se sobre quatro patas. Comer, cagar, respirar e ir por aí. Mas esta é solução fácil demais, quero dizer, cadela no cio e etc. Devia haver significado mais profundo para aquela trupe de maltrapilhos um tanto úmidos. Chovera fazia pouco. O céu se desdobrava em cimento amolecido sobre a abóboda já bastante frágil do mundo habitado por insignificâncias como eu.

E desligados de qualquer tom da natureza, lá iam eles, os cães, ladeando os canteiros de tumbas, quase fila ordenada. Meus olhos pregados neles e nunca entendi a razão de sua caminhada. Minha irmã falou qualquer coisa. Jamais lhe dei atenção. Não lhe daria também naquela hora.

Ao chegarmos em casa, meu sobrinho inventou de organizar o quarto de sua avó, minha mãe. Havia muitas caixas. De certo, ele estava espicaçado pelo desejo de descobrir algum segredo soterrado sob armários de silêncio. Minha mãe foi sempre medíocre. Do tipo que é tão raso que não é capaz sequer de ter camada sob aquela apalpada e medida por todos. Enquanto ele se entretinha com as caixas e seu conteúdo, minha irmã serviu chá. Ela vestia tailleur marrom que devia imaginar coerente com o instante que ela encarava como dor.

Bebi a água salobra, não comentei coisa alguma e, de repente, a xícara escapou de minha mão e se espatifou sobre o tapete. Paciência. Fiquei fulo foi com a quentura líquida e inesperada em meu joelho. Afinal, não me vestira com terno novo para assim de saída vê-lo manchado. Ao me erguer em busca de pano, vi um quadro na parede – camponeses de torso nu arando o campo sob o plúmbeo céu de lugar que não podia ser nosso país tropical.

Perguntei onde ela conseguira aquilo. De um leilão pela tevê. Claro, minha irmã não tem cacife para galgar a montanha de galerias e, muito menos, para comprar alguma escultura minha, coisas horrorosas feitas de sucata.

Ela ligou o rádio e soubemos que o presidente acabara de ser assassinado. Pena que o autor da façanha era jovem psicopata que viu no sorriso torto da eminência apenas um anticristo furreca. Por que o desgraçado não é movido por farrapos de utopia? Além de mais grandeza ao ato, faria a gente entender que o mundo ainda é lugar amplo, onde alguma coisa pode acontecer por meio de variadas contradições que ninguém deslinda, nem os atos extremos. Matar em nome de ideias dá certa coragem para se voltar a pensar que aqui nem tudo está perdido e viver não foi reduzido a amontoar bagulhadas nas prateleiras.

Eu estava no jardim, rumando para meu carro, quando vi o gato traçando uma gata. Ao menos imagino que seja esta a ordem dos fatores sexuais. Ignorava que tal tipo de bicho se dá ao desfrute em plena luz baça do dia. O que eram aquelas sinfonias de arranhos nos telhados e recantos de nossa infância? A gente na cama, mastigando os buracos do medo porque os guinchos pareciam filetes que os monstros derramariam contra nossa garganta desprotegida. Deixa pra lá. Tive certeza de que a gata estava era saturada do lance. Entre eles o sexo também é obrigação matreira da qual não se extrai nada.

Ao chegar ao primeiro farol, a mãozinha suja e torta penetrou meu espaço privado. A criança sequer me olhava, muito menos pedia. Nem iria adiantar. Eu estava com o carro entulhado de bugigangas catadas no lixão. Se eu lhe desse um dos ferros, ela poderia se entalar nele e não faltaria repórter disposto a me credenciar como alguém que perverte inocentes abandonados. Ou então, ela quebraria com mais facilidade os vidros. O que, sem dúvida, é progresso para quem rasteja com as pernas tortas, os braços desfigurados, os dedos retorcidos como antecipação da escultura que não farei.

Assim, liguei o som e deixei Charpentier me contaminar com o que não me importava ouvir, pois sou dos que não creem em mais nada e nem fazem força para isso. Só queria mesmo ver o mundo afogado em lama. As pessoas de olho sem brasa quando a massa estivesse a centímetros de suas bocas que disseram tanta vacuidade, cravaram-se na gordura, beberam a merreca industrial patrocinada pela noção de avanço da sociedade.

Em casa, o salva-tela me deixou ver seres coloridos nadando pelo espaço negro e sem fundo, mais ou menos como devia ser o que entendemos como princípio dos tempos. Somos ainda tão rasos e lineares que só fazemos acrobacias entre causa e efeito. Se o mundo há e está aí, houve um princípio. Se houve um princípio, ipso facto há um autor. Logo, o senhor deus é o criador e nós a criatura. Simplório assim.

Minha certeza é outra. A relação é outra. O buraco tem muito menos espuma do que criaram as mitologias a fim de preenchê-lo. Espiei o e-mail. Havia unread. Pois fui ler. E vi. Galeria de Belo Horizonte me convidava para uma coletiva. Babava rasgado insuportável e pretensioso sobre meu trabalho e me dava seu espaço para o início da primavera.

    E daí? Boto as coisas lá? Alguém escreve sobre. Alguém compra. Alguém comenta. Outro não entende a proposta, a matéria, a forma, os meandros do que nem quis dizer. A maioria sequer dá atenção. E daí? A verdadeira coisa é o quê? Que grão de areia se move porque em BH meus entulhos estarão sob outra disposição e luz? O que move um idiota a ocupar a vida com repositório de atulhamentos, armazenando, acumulando, encastelando feito rato em desespero? E vem certo dia, abre o aviário de monstrengos para que outros olhos admirem aquilo que deu sentido a quem fez e nada diz a quem olha. A relação é outra. Tal vitualha de linearidade entre o escultor e o contemplador não passa de miragem encarcerada em livros. Rejeito o aparato belicoso de garras inscrevendo na carne a libidinosidade de tatuagens aéreas. O carcomido arcabouço no qual nos agarramos para dizer que valeu a pena e o instrumento de caça obteve amplo sucesso.

    Olhei pela janelinha ao rés do chão. O

céu a apodrecer em seus andrajos. Como há muito tempo não se fazia ver. Em lugar de qualquer disco mais consubstancioso, optei por Zezé di Camargo e Luciano e ouvi "Serafim e seus filhos" durante três horas, até eu ser o Quixote pelos campos verdes. Anoitecia. Eu estava exausto de tudo o que não havia e do que havia demais. E estava trêmulo, zonzo, com sorrateira vontade de morrer e apagar minha assinatura de qualquer gesto que possa sobreviver à carne que trato com meu nome. Voltei a "Serafim e seus filhos". Abri um vinho e bebi. Quando acordei, o céu estava azul, mais azul do que fora naquela infindável série de dias. Alguma coisa só podia estar errada. E estava. Afinal, quem mora em porão úmido, embolorado, cheio de trastes, vê sentido em olhar o canto e encontrar fatia azulada de infinito navegando no espaço do mundo?

O telefone tocou. Meu sobrinho soluçava, pedindo ajuda. Quis saber onde ele estava e ele não sabia dizer. Suas sílabas mal articuladas eram iguais aos arrancos de animal ferido dentro da jaula. Enquanto chorava, devia estar mordendo os lábios. Só sabia dizer, tio, por favor, me ajude. Eu precisava sair e procurá-lo. Até encontrar seu paradeiro, levaria bom tempo. Só esperava não chegar tarde demais. E, se chegasse, que importância teria? A guerra já começara, não começara?

 Peguei minha jaqueta. Tentei ensaiar algumas palavras, caso eu o visse logo. Quem sabe, estivesse no telefone da esquina, como outras vezes. Quem sabe os pulsos vazassem o ar. E os olhos estivessem atravessando a abóboda do orelhão e o veneno ardesse em seus pulmões e o amor, calombo embutido em seu estômago. Talvez minhas mãos nunca conseguissem ultrapassar os tantos fossos e chegar até seus cabelos para lhe dar consolo. E, se por acaso eu proporcionar algum amparo ao garoto, apenas será paliativo efêmero e ele não poderá se livrar da carga de ter que existir como eu existo.

A CASA, A MÃE (PUTA), O RAPAZ, O ESCRITOR E DEUS

Eu me despeço daquele que fui, com a certeza de o ter sido sem nenhuma poupança, sem nenhuma trapaça – integralmente, com febre, suor e sangue.
Lúcio Cardoso
Diários

A casa explode no ar. Talvez não haja muito prejuízo. Afinal, o que é uma casa? O oco cercado de paredes? Ela sequer é o mundo, é, mal mal, parte dele. O menino não estava dentro dela e sim na rua, movido por imagens de câmera, à procura da mãe. A mãe é puta, dá todos os buracos para qualquer homem forte o suficiente para as estocadas nas carnes que nunca se gastam. Nada se apega às paredes do útero de ferro. O menino não conhece nenhum desses capítulos, está na rua, a rua é deserta, distende-se à frente dele como casa no estertor do gozo, ou, como a casa no ar, em pedaços.

Num dos pedaços, o escritor tenta inventar alguma coisa – domingo à noite, compasso murcho à beira do poço. Com urgência, precisa encontrar nem que seja o rabo de uma ideia – depois vem o corpo inteiro e, assim, a gota no interior do poço. Até em Deus ele tem pensado – aquela história: caminho, luz, a redenção na inteireza do ser. De que modo conciliar as pontas? Deus se tem mostrado esquivo. Incompreensível não é quem é Deus, é como aceitar Deus, acreditar nele, em caso de sua existência, o que faço, como viver a relação, a ele se credita o quê, no final, na rabeira dos termos? O estilete a cavar: ser tão amorfo e contraditório a ponto de, se você pegar por um lado (pelo rabo), escapa pelo outro (as feições iridescentes a brotar do buraco).

Ainda assim, ele, o escritor, tem se esforçado – o estilete sob cada pálpebra. Desconfia, com algumas cartas na mesa, outras debaixo das solas do sapato, de que não vai ser, ao final dos termos, pelo caminho daquela história: plano de redenção, o filho tornado homem, morrer pelos pecados do mundo. É sangue demais! Deus seria ente sanguinário roendo osso no fundo do poço? Para abrir as portas etc., não haveria um outro meio, digamos, mais humano? Quando o homem investe em espinhos, cravos, cana, chibata, túnica sorteada, tronco, cruz – o *patibulum*, a *furca* – o promontório da caveira, sepulcro na rocha, não tem aí apenas a extensão de suas novelas diárias, não buscaria para elas, digamos, um quê de glorificação no copo já seco, no poço já sem fundo, no útero cimentado de esperma rígido? O caminho deve, precisa ser outro. E

Deus, como Deus, necessariamente optaria por ritual de gosto mais passável, menos operístico. E se Deus é o tipo de ser que nenhuma religião, nenhuma teologia, nenhum pigmento hermenêutico ainda o flagrou? Mas há certeza: Deus, como Deus criador, só pode ser humano, dado que criou, digamos, o humano.

Veja bem: o filho tornado homem chega, passa por todos aqueles portões de pedra, as piscinas cheias de paralíticos esperando por gesto medicinal – oh, dom paráclito – arrebenta-se, cria certa centelha em centenas de histórias parabólicas, morre etc. Para o bem do mundo. Que bem? Que mundo? Por que por este través? E os que nasceram e morreram antes de ele chegar? Estão condenados por uma questão mínima de séculos? O tal plano é meio furado, não? Ou pisca para o calendário? E por que Deus decidiria os rumos *naquele momento*, não antes, não depois?

Digamos: hoje, com toda a parafernália tecnológica para emitir sinais aos homens canalizados. Você ouviu, com certeza, a versão moderna: se fosse no tempo do agora, o tal filho de Deus seria internado num hospício, remédios de última geração, dopamina, serotonina etc., o que certamente chegou aos seus ouvidos, os ouvidos dele, é lógico. No eterno – ausência de tempo

— pode haver brecha cronológica, por exemplo, *agora, neste instante* vou mandá-lo à Terra? Tá certo, o cara veio, botou sangue pelos poros e ventas, até suar vermelho dizem que ele fez (antecipando o pobre rei francês envenenado pelos inimigos por meio de um livro de caça – Umberto Eco também pegou a deixa –, Karen Blixten lembrou-se do primeiro fato em suas andanças colonialistas pela fazenda africana). Esta é a verdade, dizem, digamos (ainda que muito e muito só foi estabelecido séculos depois, na base do "ouvi dizer que", assim, fábula puxa fábula, perde-se o caráter de mito e sobre ele se dá pincelada de textura histórica, melhor, de REVELAÇÃO, o que é só outro nome para o viés mitológico – os homens sempre gostaram de sofisticar suas crenças – afinal, temos o orgulho de, depois da árvore, ocupar a caverna e, depois desta, inventar o capitalismo – (já notaram como as religiões faturam dizendo que ele era pobre, humilde, manso de coração – o que por aí fica muito explícito com fuzis, metralhadoras, granadas, faca na garganta etc.) – como ficaríamos prostrados diante de deusecos de barro, madeira, pedra?

Se esta é a verdade, é e só pode ser, de certo ângulo. E as outras partes outras da humanidade que se acolhem à sombra de outros tratados, outras exegeses, outros mitos, outros profetas? Tudo aí é revelado, inspirado, interpretado, provado, milagrado e com todos os cálculos probabilísticos em dia. O cifrão em especial. Cada tribo com seu alfarrábio mais pesado para acertar de forma mais eficiente a testa do outro da outra tribo cujo outro deus faz outra sombra que espanta a LUZ que desejo somente minha.

    Eu o indiciado.
    Eu ouço a voz.
    Eu tenho as tábuas da lei.
    Eu trago inscrito em fogo na chama de minha combustão interior a letra viva do mandamento.

    E se ele veio e ele é quem deveria vir etc., e fez o que fez etc., isto é, SALVAR – quer dizer, o homem tá salvo? Acabou o pecado, suas margens, seus centros, suas centopeias? O homem então não peca mais? E o atrito dos corpos, o sexo sempre instigando o dedo de AUTORIDADES RELIGIOSAS? E se a gente olha o mundo, constata o quê? Lá vai na passarela a chusma de banqueiros. Lá vem na passarela a alcateia de patrões, aliás, empresários, aliás, empreendedores, aliás, a boa classe que DÁ EMPREGO aos malandros escurinhos que só querem saber de cachaça, foder, carnaval.

Neste ponto, o escritor toma o espelho de dentro do sapato e se olha. Tem apenas uma exclamação: Vixe!!! Então: por que aquele filho de Deus etc. não continua vindo de tempos em tempos, ciclos, temporadas, missões, discursos pela rede que hoje encarna a onipresença, a onipotência, o dirigismo ideológico etc.? Para resgatar esta coisa difícil e meio calcinada – buraco seco, de pedra, poço cego, de areia – que é o homem? Digamos: a cada geração e meia, ele vem e faz a limpa, colocando todos os IS debaixo dos pingos e pontos? Não precisa mais de vitimismo de cruz, rosto estampado em lenço de madalenas. As camisetas e celulares se encarregam de distribuir os novos bordões. Até Che Guevara, ícone dos que esperneiam contra a canga, tá hoje fazendo o rolo compressor faturar mais, seja em camiseta, boné, broche, xícara, maleta. Você já foi a um congresso qualquer? Vá e repare numa daquelas barracas: é indefectível: o Che que foi furado pelas balas dos que não o toleravam porque ele não tolerava o método deles, hoje, com o mesmo método, é faturado doidamente em cima da sua cara que nunca precisou de coroa de espinho, cruz, calvário, terceiro dia, chaga com o dedo de seguidor bem lá dentro. Furaram seu peito na floresta e da mata ele se irradiou pelo mundo por dois caminhos: ainda embasa a luta, ainda embasa o lucro. E os cartazes com a frase em torno da TERNURA?

Vamos, pois. O homem, este hominídeo primevo, que se pensa rei e é composto de matéria de terceira categoria, repositório de gazes e vermes, movido a papel moeda como se esta fosse a única verdade palpável e locomotora, não convenção, não mito, o homem, pois, este, foi salvo. Seria reciclável sua salvação? Coisa assim a ser refeita a cada geração e meia. O filho de Deus que também é tido como filho do homem viria para fazer a limpa. E sem aquela danada história de os bons à direita, os maus à esquerda (aí seria sacanagem demais), porque aí já está tudo torto outra vez. Experimentemos mudar: Deus senta na nuvem: à esquerda, os que viram a luz e foram chamados de loucos. À direita, os que apalparam a escuridão, inventaram a luz, e mandaram a conta para todo mundo e faturaram horrores e, por isso, agora, queimarão no mesmo ritmo em que suas montanhas de papel cresceram para o seu beneplácito. Assim, feito nós que nos reciclamos, ele vem de tempos em tempos e faz tudo de novo (só que num outro nível mais light, mais clean, mais tender).

Os trilhos, por favor, onde estão os trilhos. Que me levem para o túnel, do outro lado o vale verdejante do outro lado, nunca o buraco seco, gestos de areia, poço de pedra e cal. Por que o filho de Deus, que é chamado de o filho do homem – o que não é mera repetição, mas ênfase – então vem e aponta, orienta, diz a segurança? Poderia ser um curta longe de Hollywood. Logo desabam sobre a cabeça do escritor os tratados incólumes: a Deus repugna interferir na liberdade do homem, o homem possui livre arbítrio, deve ter condições de optar etc. (Acho mesmo que Deus devia, de vez em quando, ouvir a clarividência de Saramago, quando chama o tal livre arbítrio de "história da carochinha".). E Freud? O que este barbudo confabulou em torno dos tormentos, sobre suas motivações, lá no buraco escuro do que é sem ser, tudo isso não vale um vintém? Bazófias!!! Claro que depois chega Bakhtin e mostra que a sombra já nascida incrustada na cabeça do homem é mito que se desfaz fácil, fácil, basta teoria inovadora sobre a língua e desaba o edifício dos arquétipos edipianos e essas universalidades duras de engolir quando o homem é o que é no gerúndio do ir-em-sendo, devir, do descentramento sem margem esplêndida.

Mas não estou aqui para polemizar. Apenas apresento cartas do jogo. Jogue quem quiser, do canto da mesa que mais lhe apetecer. Mas que já disseram boas e retas e tortas, disto ninguém duvida. Cá comigo: desde quando orientar é impedir alguém de ser livre? A civilização inteira é amontoado de setas indicando direções. Nós, humanos vertebrados, chegamos aqui arriscando sentidos e temos como dever e orgulho ensinar e indicar planos, degraus, níveis e fazemos de um punhado de objetivos erguidos para o outro se nortear a estrada chamada viver ainda que não dê muito certo a ninguém, tá bem? Logo, qualquer um sabe que liberdade é conhecer o lugar onde se bota o pé e tudo o mais e o porquê.

Tem o seguinte: o homem sabe alguma coisa que Deus desconhece. A dor, por exemplo. Deus não sofre. Não tem a raiz pulsando amarelo dentro dele. E há ainda outro dente nesta boca que se escancara e engole o mundo: a árvore boa dá frutos bons? E foi Deus que fez o mundo? Então, que Deus é esse, em termos de qualidade, digamos? Cadê o feedback? E o tal filho do homem com seu lado ferido, melhor, com seu lado feito o nosso, não podia ficar do nosso lado, colherinha de chá apenas? Prometeu não veio com o foguinho? E se danou muito mais, coitado, lá aguilhoado, como querem os portugueses.

Neste ponto, outra vez, o escritor, radicado sobre um daqueles pedaços que flutuam no ar pós-explosão, sente-se criança. Ah, diabo, onde fui montar minha égua! Todo argumento é inútil. Ele percebe-se sem entranhas, sem bílis para ir mais fundo, sem o caraminholado lado do cérebro talvez a ajudar. Tem certeza de que toca questões difusas que, bem tratadas, poderiam expor, didaticamente, todos os furos – ou muitos, coleção – e contradições dos mitos e, lá no fundo, estaria mais do que colocado: tudo não passa de mito, até o escrever, representar do representar, o espaço ocupando-se após o espaço ocupado. Nada se sustenta. E aí o impasse: é ele, o escritor, que pensa, porque sente o oco mordendo suas bases, a compulsão do abismo, chusma de perguntas diante do grande vazio, do infindável silêncio, do insuportável mau cheiro da porta fechada de um domingo à noite.

Do seu ponto privilegiado – recordemos: a casa explode, o menino na rua, a mãe puta, e num pedaço que se esfarinha no ar, o escritor com seu caderno – poderia ser um notebook, mas este ainda não tem o halo romântico que esta história solicita para ser minimamente representativa em termos de puxar os rabiscos que já eram feitos nas paredes da cavernas, lá atrás – com seu caderno de notas. Folhas rabiscadas. Esquemas de vias que ele mesmo tem preguiça de averiguar até onde vão, no crespo fim de um planalto sugando a amplidão. Pensemos: como o escritor elabora seu texto, que base o sustenta na hora do vamos ver, ou seja, criar espaço e tempo e recheá-los com criaturas verossímeis que nos deem o avatar de nós mesmos envolvidos em graníticos blocos do que se chama existência. Aí queremos o espelho de ângulo exato capaz de mostrar nossas incongruências. E literatura faz isto? Vamos de Milan Kundera: se a arte for como a vida para que ela, a arte, existe? Tem razão, não é? Assim de nada vale pensar em como o escritor estabelece suas pautas. É neste ponto que o autor, este, sabe: será mais um a tocar a fímbria e deixar por isso mesmo, nas desavenças e ciclones do todo dia que o forçam para outros, digamos, exercícios.

Você já prestou atenção quando se trata de alguém falar sobre algum tema em algum evento qualquer: ESTOU AQUI PARA PROBLEMATIZAR AS QUESTÕES. NÃO TRAGO A VERDADE. MINHA INTENÇÃO NÃO É FECHAR O ASSUNTO. APENAS TRAZER ALGUNS PONTOS À CONSIDERAÇÃO DE VOCÊS. SE SAÍREM DAQUI INQUIETOS ME DAREI POR SATISFEITO - ? Mas por que diabos o desgraçado assumiu a tribuna? Estamos fartos de questionamentos, de outros ângulos para outros pontos, de ficar com a cabeça fervendo. Queremos UMA definição AO MENOS que nos traga UM ponto em que possamos nos agarrar antes que a grande onda nos leve. Se todo mundo vem só para acrescentar mais questão às tantas questões que fervilham de têmpora a têmpora, ficamos à deriva, a pedra no meio da garganta. E por que o fulano tem títulos, produção, nome, currículo e ainda é pago para estar lá, ali em destaque? Saímos do anfiteatro com a cabeça fumegando e ele diz que é justo esta a finalidade do evento. É? Ser churrasquinho de si mesmo.

Pois do mesmo modo comporta-se – pasmem!!! – nosso escritor neste momento, diante do que arrola, desenrola, rola, deixando-nos insulados quanto sempre estivemos, nós, que estamos aqui, na tentativa até bem-humorada de beber de suas palavras alguma sábia resolução que nos trouxesse lenitivo e óleo ao pensar nossas tantas feridas, nós, os atribulados homens caídos à beira da estrada que precisávamos dele como o bom samaritano, função da qual ele se furtou, como qualquer estrela de qualquer evento, ainda que cada qual embolse grana a fim de comprar mais livros, aprender mais, aprofundar mais, trazer provocações mais criativas, investir em rachaduras mais promissoras e. Ficamos assim. Um ponto contra a parede muda.

Do seu ponto privilegiado – vê o mundo, o silêncio, o vazio, a dança das cinzas, a raiz exposta a sangrar –, a pergunta ele sente que cutuca dentro da toca. E a vara não vai mais longe, afinal, a casa já explodiu, carne esturricada entulhando a cova ressequida. E nas cinzas que o vento transporta até lá, ele, o escritor, percebe: talvez Deus conte com isso: o homem escarafuncha a antiga ferida, o vergão, o traste surrado e não tem nenhum modo de um passo adiante ser dado. Por razão deste feitio, viver é gratuito: vai-se indo, embolado pelo tiroteio. Deus conta com esta conta. Ao crepitar da crista da onda de fogo e fátuos arcabouços do que nunca chega a ser, a opção única é uma, a mesma, em dois caminhos que se bifurcam em sendas várias e não deixa de ser o idêntico caminho ainda: ao longo enovelado do drama, você aceita o caos das coisas e fatos, recebe o coice e não pergunta na dor ou pergunta. O resultado nulo vem a ser o mesmo. O desafio é tal, a ponta em fio da faca gorda. Em nenhuma de tais facetas o lenitivo, a bênção, coisa assim de consolo diante do vazio, do silêncio, do nenhum, do plano infinito onde o nada chama para a corrosão final. Sobre o cangote da dor: pergunta ou não pergunta. Se pergunta, explode. Se não pergunta, explode. Sangue, retalhos, veia do câncer.

A casa dana-se contra as paredes de tábuas, põe nos ares sua madeira sem lei, enquanto o menino, já rapazote, num velho motel do que parece ser o oeste, senta-se na cadeira, põe o pau pra fora e deixa que o velho o chupe. Eriçado pelo gozo – se gozo é ver as pálpebras pulsando (também um tanto amareladas) sobre olhos que buscam, estômago em pedra de quase arranco na garganta, nos passos incertos do refrigério – no gozo, as notas aninhadas sobre os pelos que vão ao caralho ainda em pose, o rapaz vê, sente, pressente, relembra, imagina a casa esfacelando-se como qualquer brinquedo em pátio de família sem renda.

A mãe, vestida de azul – foi com ela que sonhei ontem, descendo a escada, mostrando-me o outro lado da rua onde o menino seria encontrado para preencher todos os meus buracos.

O menino, meu filho, aquele que veio para que nele eu botasse minhas complacências, belo espécime de moreno quase índio, deitado à beira do asfalto, à espera do calor de minhas mãos que jamais serão suficientes no sentido de evitar que o grande vazio chegue até sua carne jovem e a preencha com as teias do absurdo.

Minha mãe de azul, sobre o topo da escada, ordenando que eu atravessasse a rodovia que ele, meu filho, meu salvador, estaria entre a relva manchada de óleo dos caminhões, à minha espera, enrolado em trapos ou em jornal, a linda cara voltada para a direção por onde chegarei com a missão de torná-lo meu, aquecendo-o com estes braços magros que só servem para isto mesmo, dar um pouco de proteção e carinho ao guri sem pai que agora tem em mim o pai que nunca poderia ter –, de azul, em meio a névoas e brumas, caminha daqui para lá, na varanda da casa que é tragada pela poeira.

A história não tem sentido aqui. Gus Van Sant contou-a por meio de desertos e sórdidos homens do muladar , oh, my own private Idaho e River Phoenix deu conta do recado, deu de si tudo ao sugar das estradas ermas aqueles rostos sem foco, e ele já é cinza, hoje, que ressurja no rio dos pais hippies em busca da permanência mitológica, ave que voava em seus cabelos, em seus beiços de rapaz abandonado pela mãe, pé na estrada e dinheiro que lhe permitisse comer ou dar a comer de qualquer jeito.

River Phoenix que em certo dia inventou a overdose e morreu na calçada e sobre ele tanto se escreveu. Ele loiro, cabelos bastos, rosto esculpido por Michelângelo, fotografado de tantos ângulos que fico tonto, zarolho de tanto ver a beleza explícita. Ele, meu filho à margem da rua, numa madrugada de agosto, frio, com uma corrente de maços de cigarro com a qual brincava. A roupa suja. O fedor. A camiseta emprestada por um amigo minúsculo, a cara do Caetano. Ele, meu filho com carinha de rato, expondo minhas fragilidades de homem que jamais poderia ter um filho em tais condições. Ele todo roto. Eu ainda mais roto. Juntamos os trapos e fomos seguindo até onde desse, à beira do poço, do precipício em que Deus navegava entre anjos nus, aqueles anjos feitos de cera ou esculpidos por Aleijadinho, olhos amendoados, asas endurecidas, sem possibilidade de continuar o voo com o TODO PODEROSO, amém.

Neste ínterim, o escritor, cônscio da impossibilidade, digamos, de um tratado, uma vez que habita fragmento de explosão, e já nos ares, percebe a longa jornada à frente – rodovias rumo ao além do local onde alcança seu compasso, vastidões distanciando-se na aquosa miragem do nenhum para River Phoenix avançar, já que seu destino é ir e ir e ir – sem insistir nesta tecla, nesta tenda de rasgos sem remendos. Bate no delete – após as anotações arroladas ele rendeu-se ao micro –, é domingo à noite, chuva, e desaparece no esgoto junto com a água da rua. Antes, o último lampejo: aquele boteco de azulejos amarelos, as mesas pequenas, só para dois, o amigo escultor com o sobrinho desaparecido. O que fazer nessa hora? Tocar um tango argentino ou dançar um funk? Já que está desaparecendo, se deixa levar, pelo menos a certeza há de vir: consciência dissolvida, consciência em paz.

Pelo friso da tela, o perfil da casa brilha: dentro a mãe solta gargalhadas sem alerta, abraça o cowboy e no interior do trailer avança para o vazio. Por este lado, vai o rapaz. Roma pode ser a próxima esquina. Que fazer com este mal? Com este corpo? Com tais perguntas sonsas? No abraço quente da jaqueta vermelha ele se encolhe, com um piscar ao escritor: tente outra vez. O escritor pressiona o delete. As imagens concentram-se numa vaga pulsão. Escuro. Tudo é cinza escuro. Bom, agora já sabemos por onde ir. O jovem à beira do caminho esfrega as mãos. Não é meu filho ainda, nem será. Ele sente frio. Encolhe pescoço e ombros em busca de autocalor. Estreita os olhos à procura da faca fina do horizonte distante. Virá a síncope. A mãe, protegida pelo fogo equino no peludo ventre sobre suas carnes flácidas. O menino em desamparo de amplidão que se abre para quantos corpos ele terá de travar durante a viagem que o retornará a si mesmo, no útero seco da casa sugada pelo poço.

Quando Deus fez o mundo, sabia desses desvãos e não moveu única pedra a fim de endireitar a seta do caminho descendente. E dizem que ele é fiel. A quem? A quem faz dele balcão de jogatinas de interesses em nome de outro leitão chamado eternidade? River Phoenix descobre a madrugada sobre o corpo do amigo com quem dormiu por algumas horas e por quem nutriu certo amor, mal balbuciado em torno da fogueira de merda. O escritor também sabe disso, ainda que não tenha a nossa posição privilegiada: estamos fora do texto, a exotopia muda de lugar e se entranha em nossa visão ampla, nós que apenas lemos e não temos qualquer compromisso com o entrevero de tantos personagens embrulhados por cobertor de espinhos, digamos, a ferir a pele deles que se juntaram no poço atraídos pela vertigem do fundo onde é encontrada a paz das estradas repletas de oportunidades para o garoto que, loiro, sabe atrair quem bem quiser.

Exotopicamente vemos o que ele (o escritor) não vê e podemos estender a rede até águas que ele, o escritor, não alcança, ainda que seja transportado contra a vontade pela enxurrada na rua. E quando ele é sugado pela ventosa da tela que se faz em escuro cinza de nada que se consome em brasa apagada com a última luz da madrugada, sob a chuva que lá fora se debate contra a vidraça, no frio vidro do dia que há de vir, como outra face de tempo a River Phoenix que vai se postar em termos de busca, o escritor antes/depois de desaparecer na própria criação nos aponta para a margem externa de sua tela.

Olhamos e vemos: foto de River Phoenix, os cabelos loiros agitados pelo vento. A expressão de certa perplexidade paciente. Este não é meu filho. A mãe ainda bebe um pouco de uísque, depois sussurra coisas de vaca ao ouvido do último sátiro, o cowboy. O filho, perdido, enrola-se em jornais para que eu o ache um dia, no dia de minha vitória contra a solidão que nunca virá. Porque disso Deus não é nem um pouco capaz: de nos dar a felicidade na medida de nossa precisão. Medimos centímetros. O mundo, não.

E chegou a hora de enterrar a mãe. Fizemos poço com as tábuas chamuscadas da casa e lá se foi o corpo. Não rezamos, não acendemos velas. Afinal, esta mãe nada merece. A não ser o esquecimento. Ela que não me deu o filho. Ela que abandonou o filho. Que se perca no silêncio da terra e nunca mais volte a nos incomodar.

O MUTILADO

Em conclusão é fácil: esperar menos dos outros, mais de si próprio. Poder ser sozinho sem terror. É extraordinário o número de recursos que possuímos para viver – e tanto tempo perdemos, debruçados sobre possibilidades que nada nos trouxeram, que até mesmo desconheceram ou amesquinharam nossas possibilidades de existência.
Lúcio Cardoso
Diários

Ao chegar, sem nenhum pretexto à cozinha, Gail fica com os olhos presos no reflexo que a luz de fora provoca sobre a xícara. O utensílio de porcelana, posto na parte média do armário, recebe raios intermitentes do sol. O abacateiro lá no pomar, em movimento, fragmentava a luz. Em algum minuto vago, ela incidia, noutro, não, sobre a superfície curva. No enquadramento, também existem o cão, a corda sobre o poço, cujos tijolos eram quase puro limo, os canteiros alinhados com cuidado, os bojudos vasos com plantas que ele trouxe das muitas viagens para a mãe.

Mas o olhar de Gail está preso à insubstância do brilho no volteio da xícara. Perolado, em chispas entre o azul e o cinza, num filete curto ao longo do corpo arredondado. E existem ainda, na rua, os automóveis metalizando a tarde, a borracha dos pneus chapinhando no asfalto ressequido. Contudo, os olhos estão ali na xícara, nas chispas que iam e vinham. E aquele brilho era de matéria muito íntima, quase impossível de qualificar. Qualquer quadro de afirmação sobre a impossibilidade de unificar em conjunto os desastres da tarde, da desolação de estar ali imerso no vazio, enquanto a xícara brilhava para dizer, no mínimo, que a separação de tudo e de todos não traz nenhuma unidade visível à realidade de ventos e sombras, era arte menor que a xícara. Insignificantes, aleatórios, esquivos, os dados da vivência até ali não ofereciam a corporificação de retorno a Ítaca.

Gail tinha ciência do não-pertencimento. Porém, há a cerca lá fora, arcada sob o peso de hera e de certas aves daninhas que se espojavam com coragem e como quem não vê limite entre os ramos secos. Ainda assim, a banalidade do rebrilho implicava o olhar reduzido ao mesmo ponto, e Gail conhecia que o ordinário distende-se até o magma da mais funda falta de organicidade. E nem sua ternura dolorosa pelo instante altera a falta de razão e de núcleo para manter-se onde quer que esteja. Em casa, na rua, no trabalho, a vida era trânsito e as asperezas da hora marcavam o adunco da queda, este bloqueio da tarde em que nada há, apenas a xícara ali, solapando seus olhos. O brilho fugaz, amoldado por quem não tem por onde sonhar, pois basta estar e reconhecer-se para entender que um gesto e outro gesto são impotentes, e o piso gasto do que foi vivido dá o tom da precariedade, inexistindo, portanto, o conforto de promessas de desenvolvimento.

Gail, parado, sabe que a relação com o futuro é aborto antecipado. Tudo na estreita calha do agora que não se apreende, uma vez que se esgotou a energia de estar distendendo-se entre qualquer ontem ou qualquer amanhã. Algo flutua fora das mãos. E além dos olhos está a xícara, o risco de luz como fogo maldito em sua dança segundo o movimento da árvore ainda não bojuda porque esta não é a estação dos frutos. Há o porão, onde a perplexidade pode ser averiguada: rever os guardados, conter o vazamento por meio de ordenação que dê ao ato e à consciência certa liga de penetração no universo, segundo a voz de quem ainda está aqui e aqui vê. Só que estar aqui não guarda, nem registra nada, em nome do que, o porão e seu amontoado perdem substância.

A xícara luzindo é que o leva à digressão tardia – a obsessão de quem acaba de voltar do cemitério, onde enterrara a mãe. E, do cemitério, salta ao bar de luz azeitada, num lugar tão distante, quando o marinheiro o convidou a fazer a viagem para conhecer o mundo. Ele foi bastante ingênuo e aceitou. E agora, recobrando as poucas linhas com a materialidade das funções orgânicas destinadas a dar peso ao que se é na durabilidade dos dias, só tem de reconhecer que jamais foi autor de único ato, inclusive em e para *sua* vida. Resignou-se à sombra de coadjuvante. Como objeto envolvido em gaze colorida, rolou daqui para lá. Agora, está *aqui* na cozinha. A mãe sob a terra, passeando no silêncio compreensível das coisas paradas que deixaram de ser, que superaram um estágio, mesmo não havendo outro pela frente. O filho, longe de qualquer relação de caráter mais ou menos orgânico. O companheiro de viagem, o marinheiro, lubrificando seus instrumentos num porto do mundo apreensível apenas como mapa indeterminado.

Mesmo assim, existem os guarda-roupas e, neles, as intempéries, as estações do ano, as festividades, as datas marcantes empilhadas em caixas, álbuns e arquivos, recantos povoados de sombras que é melhor deixar sob o pelo da quietude. Ele não quer seguir a sugestão destes fantoches disfarçados de elementos de vida. A banalidade supura das paredes, o encadeamento das horas não conhece lógica, uma vez que os ponteiros do relógio navegam a partir do emplastro oco e tornam-se mar concentrado, com a espuma deslocada de seu sentido de espuma. Nenhum princípio rege seu estar ali, olhando a xícara, com chispas endoidecidas a ponto de provocar a vertigem da profundidade.

Gail conhece de sobejo as ilusões de ótica e também todos aqueles graus de desvio que atingem os órgãos internos do seu corpo, tão logo tenha fio de contato com acontecimentos, distúrbios, venerações. O que lhe ocorre – enterro, viagem, regresso, perda – não tem sequer o vínculo acidental com restolhos de significado por onde se fiar para tecer o calendário. Na descontinuidade das horas, dos dias, de seus pensamentos vincados à luz da sombra pelo tédio da monotonia, só se confirma o ser à deriva. E ser à deriva muito especial: não existia, mas existe, ao léu do deserto, não existia, mas existe, na fração de estrada de ampla linha aberta à fauce do tigre que espera e espera por carne gratuita. Gail se tem como a esmo de si mesmo, na área que lhe é sua no mundo, ou seja: nulo perante o espelho, de mãos sem a solidez de barra de embarque, de ossos retorcidos como a pílula que lhe vai pela garganta e alivia-o para sentir mais desconforto no instante seguinte.

Ele sequer mede a aspiração da nostalgia pelo sentido. Há a xícara. Ela corusca no traçado de fóssil iluminado pelo não do tempo no armário da cozinha, reino da mãe. Através da vidraça da janela, o raio em luz reta, outras vezes interceptado pelas folhas do abacateiro, recai sobre a porcelana, dando-lhe este aspecto de close cinematográfico que capta a joia e, com efeitos especiais, lhe dá aura de luminescência que todos sabem que não é real e, mesmo assim, se deixam levar pelo encanto. Ao contato direto com a mão, aquilo que brilha é só objeto. A magia foi deglutida pelos canais da tecnologia industrial: louça para uso doméstico. E resta o cotidiano no banal. Desta forma, sem o sentido, Gail mergulha na sua experiência como experiência que é de outro, afastada com obstinação de seu curso pessoal, o traço em que seu físico é sua pessoa. A mãe no cemitério, o filho não sabe onde, o marinheiro em trabalhos diversificados – são cenas desprovidas do contato com a própria pele.

E, esvaziado, ele não sabe bem que caco juntar para nele amparar-se em busca da figura. Daria nela retoques e, quem sabe, o perfil atingido pudesse lhe garantir e guardar a chave do rompimento desta sorte desnorteadora de não estar onde está. Ele sobrevive como resto, boneco mutilado pela mesma sequência que a xícara lhe joga na cara, e ele não tem como preservar em forma de resquício para o provável painel a que jamais terá acesso. No oco do oco, resfolega vazio, animal a quem sequer a jaula importa, por razão muito simples: não consegue ver o mundo, a si mesmo no mundo, o mundo no mundo. Logo, como haver barras de prisão entre o que resta de si e do espaço lá fora?

Por isso, ter os olhos na xícara é ícone mecânico. Registrou de modo transitório o refulgente signo derreando-se pela louça e tal acontecimento não entrou de corpo inteiro em seu campo de visão ou de acepção do que existe em seu circuito. Daí saltam sobre seus pés as cenas incorpóreas, as lembranças sem raiz, o esquecimento do que nem ele sabia se lembrava. E, se lembrava, tudo se desvaneceu na mesma hora em que olhou a xícara e deparou-se com o brilho – ríspido? aveludado? Tal fator ante seus olhos desencadeou a tentativa de captar alguma coisa que, mesmo autêntica, sobra dos lados e transporta-o ao sem--rumo do mapa do qual despontam o enterro, a ausência do filho, a fugaz experiência de viagem com o marinheiro com certeza livre da natureza dos tormentos, *destes* configurados no latejar de sua consciência.

De repente, quando a luz se esvai, vem a opacidade da hora. Dela, escapa a sombra sobre os móveis. O que detonara ato e consciência equivalentes morre asfixiado na bruma. Ainda que os elementos concretos do mundo possam trazer-lhe algum ramo verde contra a aridez, só lhe cabe ter entrada na interioridade subjetiva, esgarçando as pontes para outros dados que qualquer um localizaria onde está para *viver*. Sua verdade é perceber que basta olhar para algo e este algo lhe provoca miragens, evoluções fugidias a levá-lo para o beco-sem-saída. Tudo foge dele: o que foi olhado, o que foi pensado, as deduções entre eles. Gail quer nomear o visto, o vivido, o sentido, quer juntar as diversas metades de máscaras, ainda sabendo que por meio disto não chegará à unidade de rosto, corpo, pensamento. Os achados, dentro e fora, enovelam-se no emaranhado sob impulso de afugentar ligações.

Não vem sendo possível para ele tocar o terror tão comum aos homens. O vítreo silêncio e a noturnidade espichada fazem Gail reconstruir a história da xícara. Fora comprada em Barcelona, na loja próxima a um dos edifícios de Gaudí. Às vezes duvida: não teria sido em Paris? É de um lugar de consumo chamado turismo. Sem a luz da tarde, anulada pelas cortinas cerradas agora, ela não permite a contemplação com inflexões mais justificadas na dinâmica do que é lembrar e sentir medo: ao lembrar, o homem pesa sua história, vê o vivido como passado e constata o encurtamento do espaço. E tal hipótese concreta não joga Gail contra a parede para fazê-lo pesar: deus meu, lá vai a vida e eu aqui. Na púrpura do parêntese que sabe que é, nenhum frio perpassa sua espinha. No prosaísmo da xícara, objeto de enfeite, de provável uso, renovam-se os rasgos da inutilidade.

Só o brilho, à tarde, remete a alguma coisa. É quando recorda-se do marinheiro, tão queimado de sol e sal que os cabelos eram fogos de artifício sobre ferrugem velha. E daí? Se algo foi perdido neste capítulo, pouco importa a Gail medir em profundidade ou em raso astral que coisa é esta de que se despede agora, da qual já se apartou há muito, quando estreitou o corpo moreno e o marinheiro, mordendo sua orelha disse: um tchia fossehhh foltahh, famos ser felizes.

É esta a questão, afinal? Medo? Medo do que, se cada lance só é *um* lance se for buscado com o corpo inteiro, a alma conflagrada, a revolução do sangue entrincheirado em cada ponta de órgão? Gail também ali permaneceu frio, distante, nem incomodado se podia dizer. Ao despedir-se do amigo queimado de tanto lidar com as maresias do mundo, apenas se despediu de um homem. Como há pouco, da mãe no cemitério. Como há muito, do filho que, de tão amado, crestou-lhe o ânimo e não é mais nada, seja qual for o cenário que ele, Gail, imaginar.

Ao chegar na cozinha, naquela tarde, e deparar-se com o brilho da xícara, algo se moveu com ligeireza dentro dele. Tentou captar o sinal. O resultado foi nulo. Ele senta-se, abre o litro de uísque e tem plena certeza da natureza da noite em que navegará outra vez.

UM MANTRA INÚTIL

TODOS OS PÁSSAROS DO MUNDO VOAM AO TEU REDOR
Para Achraf Hakimi (Marrocos)

    Você que tem cheiro de terra e de fundo de terra onde o luar não alcança

    Você que tem cheiro de vento a cruzar a planície e que depois dorme nos socavões

    Você que tem cheiro de ilha e de barco e de marinheiro moreno sempre pronto a molecagens

    Você que tem cheiro de pasto onde as ovelhas se reproduzem em escala lenta e balem com ternura pelo fato de você aproximar-se

    Você que é tenro e cheira a pão na mão da mãe e sempre sorri pois o mistério da vida sequer tem importância

    Você que tem cheiro de rua baldia na boca da madrugada

    Você que tem cheiro de pele suada

Você que é soul e tem cheiro de espinheira a subir o penhasco quando o pássaro grandote ali cria o ninho e espera

Você que tem cheiro de grão de cálcio e química das horas

Você que cheira à centelha dos 19 anos

Você que hidrata a luz dos olhos a te contemplar em teus volteios certeiros, tua ginga ainda no casulo

Você que tem cheiro de carvalho e bandeira e camiseta pedestre de futebol

Você de alta voltagem e submerso na garra de vencer

Você que tem cheiro de água borbulhante

Você que tem cheiro de pequena legenda

Você – emoção delicada em beleza e textura

Você – devaneio exato à lavanda dos olhos

Você que tem cheiro de mapa que leva ao teu contorno e de vinha e de azul-cobalto

Você que tem cheiro de cintilamento e autonavegação

Você que é plausível no futebol carrega a glória e pode se mostrar saudável.

Você que tem cheiro de líquido aquecido pela mãe e onde quer que esteja leva a leve beleza morena e tépida

Você que é lampejo e polidez

Você que não se omite de nenhuma jogada – defende e avança

Você que aguça a percepção de quem você é

Você que tem cheiro de percurso feito pelo deserto

Você que tem cheiro de maciez

Você que tem cheiro de rapaz que vela a noite preocupado com os treinos de amanhã

Você para quem o próximo lance é imprevisível

Você que estufa o peito quando a bola vem

Você que convida à reflexão pelo porte suave

Você que tem cheiro de têmpera e cântaro

Você animado pelo campeonato mundial não foi muito longe e marcou meu ânimo

Você cujos amigos desconheço

Você que tem cheiro de latejamento, as têmporas a pulsar no primeiro drible da tarde

Você que tem cheiro de transfiguração do futebol

Você que tem cheiro de benigna evidência

Você que tem cheiro de associações nervosas entre a jogada rápida e outra lenta

Você atrelado a pés velozes que pelo lado do campo cruza a bola ao companheiro responsável pela finalização

Você que tem cheiro de impulsos

Você que tem cheiro de metáfora e não faz bravata com a bola

Você que tem cheiro de calor e neblina – neblina no calor

Você antes de tudo pondera, em um segundo, o próximo passe

Você que tem cheiro de porto e de emblema da tradição cujo nome não me vem

Você que é solar

Você que tem cheiro de salinidade e de marulho

Você que tem cheiro de resina e flor urbana

Você que tem cheiro de reserva orgânica e de país mais antigo do que o meu

Você que tem cheiro de velocidade e curva da estrada e silhueta de garoto elegante

Você que vi pela televisão por instantes cinematográficos e nem levo ideia de quando te reencontrarei na tela, pois que elementos tenho de tua vida para nesta manhã de chuva escrever um texto mântrico levado pela simpatia nascente de teu jeito leve?

Tudo o que vivi, vivi como um estrangeiro.
**Lúcio Cardoso
Diários**

*Vago, escuto, assisto – sombra de mim mesmo, vazio,
paralisado de que sentimentos, de que continuadas
ausências? Acaso existo fora deste ser solitário e cinzento,
acaso ousei imaginar mais do que esta silhueta cabisbaixa e devorada de ambiciosos desejos? Em que dia, em
que minuto de alucinação e fantasia? Ainda queimo,
mas de fatigadas ambições.*
**Lúcio Cardoso
Diários**

*Não, a vida assim não é possível. Há muito compreendi
isto, e querer continuar esta ilusão de fuga, é nada em
vão num charco de águas lamacentas. O remédio é a
paciência, mas de todas as qualidades que me faltam,
esta é sem dúvida a de mais alto coeficiente. Tenho de
aprender primeiro a saber o que é a paciência e depois a
empregá-la com resultados positivos – este é o único
meio de levar a cabo o plano que tracei
e do qual dependem as únicas coisas
que para mim contam nesta vida.*
**Lúcio Cardoso
Diários**

Agradeço aos amigos Cezar Tridapalli e Daniel José Gonçalves. As inadequações que persistiram são de minha inteira responsabilidade – a voragem de criar.

Este livro foi produzido no
Laboratório Gráfico Arte & Letra,
com impressão em risografia,
offset e encadernação manual.